AF329722

Collection de M. G. M***

TABLEAUX

MODERNES

Aquarelles, Dessins

PARIS — 1901

TABLEAUX MODERNES

Aquarelles, Dessins

CONDITIONS DE LA VENTE

Elle sera faite au comptant.

Les acquéreurs payeront *dix pour cent* en sus des prix d'adjudication.

Paris. — Imp. Georges Petit, 12, rue Godot-de-Mauroi. — 10625-01

CATALOGUE

DE

TABLEAUX MODERNES

PAR

CHAVET, COROT, J. DUPRÉ, FORTUNY, MADOU
NORMANN, RIGOLOT, ZIEM

Aquarelles, Dessins

PAR

E. ADAN, ALLONGÉ, BARON,
BARYE, BELLANGÉ, BERCHÈRE, BERNE-BELLECOUR, J.-L. BROWN,
CHAPLIN, DELACROIX, DETAILLE, DORÉ,
FORAIN, HARPIGNIES, HEILBUTH, JONGKIND, EUG. LAMBERT,
LELOIR, MADELEINE LEMAIRE, MEISSONIER,
DE NITTIS, J. NOEL, DE PENNE, PILS, WYLD, ZIEM, ETC.

COMPOSANT

la Collection de M. G. M***

ET DONT LA VENTE AURA LIEU A PARIS

HOTEL DROUOT, SALLE N° 6

Le Vendredi 3 Mai 1901, à 3 heures

COMMISSAIRE-PRISEUR

Me PAUL CHEVALLIER

10, rue Grange-Batelière, 10

EXPERT

M. GEORGES PETIT

12, rue Godot-de-Mauroi, 12

EXPOSITION PUBLIQUE

Le Jeudi 2 Mai 1901, de 1 h. 1/2 à 5 h. 1/2

ORDRE DE LA VACATION

33. FORAIN. — Doux Pays. « A l'Élysée. »
25. DETAILLE (Éd.). — Sergent porte-fanion de tirail-
    leurs algériens.
34. FORAIN. — Doux Pays. « Colloque parlementaire. »
38. GILBERT (Victor). — Les Boulevards.
35. FORAIN. — Doux Pays. « A Carmaux. »
42. HEILBUTH. — Le Savetier et le Financier.
36. FORAIN. — Doux Pays. « Voici la tenue rêvée pour
    toucher.... »
39. HARPIGNIES. — La Source dans la forêt.
37. FORAIN. — Doux Pays. « L'Esprit nouveau. »
52. DE NITTIS. — Entrée de l'avenue de la Grande-Armée.
51. MILLET (J.-B.). — Le Chemin du hameau.
55. PENNE (O. de). — En Chasse.
65. ZUBER (H.). — Au Pays des oliviers.
48. LOUSTAUNAU (A.). — Au Camp de Châlons.
66. ZUBER (H.). — La Fontaine de Carpeaux à l'Avenue
    de l'Observatoire.
47. LEMAIRE (Madeleine). — Le Panier de roses.
67. ZUBER (H.). — Le Lac dans la montagne.
64. ZIEM. — Pâturage en Hollande.
45. LAMBERT (Eugène). — Une bonne pâtée.
46. LELOIR (Louis). — La Femme au tambourin.
50. MEISSONIER. — Le Florentin.
44. JONGKIND. — La Baignade des chevaux en Seine.
43. JONGKIND. — L'Escaut.
16. BARYE. — Tigre royal.
 1. CHAVET (V.). — Sonate pour flûte.
 4. FORTUNY. — Italienne sur le pas de sa porte.
 7. NORMANN (A.). — Côte de Norvège.
 6. MADOU. — Le Buveur.
 8. RIGOLOT (A.). — Marine.
 5. FORTUNY. — Le Gardien du sérail.
 9. RIGOLOT (A.). — Marais d'hiver.
 2. COROT. — La Gondole.
 3. DUPRÉ (Jules). — La Rivière.
10. ZIEM. — Lever de soleil sur le canal, à Venise.

Désignation

TABLEAUX

CHAVET (V.)

1 — **Sonate pour flûte**.

Debout, en costume du temps de Louis XVI,
le jeune flûtiste déchiffre une sonate, dont la
musique est placée sur un pupitre, devant
lui. Sur une chaise, près du pupitre, est
déposé un vêtement de velours rouge doublé
de soie blanche. Une canne à pomme d'ivoire
s'y appuie. Au fond, un buffet de chêne, dont
une des portes est ouverte. Derrière le jeune
artiste, un paravent aux feuilles repliées, et,
sur le parquet, un tricorne.

Signé à gauche, en bas : *V. Chavet, 74*.

Panneau. Haut., 23 cent.; larg., 15 cent.

COROT

2 — **La Gondole**.

Sur le Grand Canal, à Venise. Au fond,
l'église della Salute. A gauche, deux bateaux
de pêche. Au premier plan, une gondole
dans laquelle se trouve une Italienne assise,
coiffée d'une cape jaune, un homme debout,
un enfant assis et le gondolier en chemise
blanche. Le ciel est bleu, mais son azur est
comme voilé d'une gaze blonde.

Signé à droite, en bas, du timbre de la
vente.

Au dos : le cachet de la vente.

Toile. Haut., 29 cent. 1/2 ; larg., 41 cent.

DUPRÉ (Jules)

3 — La Rivière.

A gauche, on aperçoit, entre deux arbres, une maisonnette aux murs blancs, coiffée de chaume. L'herbe pousse jusqu'à son seuil, et le soleil matinal met une note de lumière sur son crépi ancien. A droite, plus loin qu'un massif de petits arbres, le terrain se relève. Au milieu, la rivière coule entre les rives dentelées. De place en place, des roseaux émergent de la surface de l'eau, où se réfléchissent les nuages blancs envolés au-devant de l'azur. Vers la droite, un pêcheur est en train de détacher sa barque. Au fond, de l'autre côté de la rivière qui tourne, on aperçoit une plaine jusqu'à l'horizon. Quelques coquelicots mettent leurs gouttes de sang parmi les verdures.

Signé à gauche, en bas : *J. Dupré*.

Toile. Haut., 24 cent. 1/2 ; larg., 40 cent.

FORTUNY

4 — **Italienne sur le pas de sa porte.**

Une construction aux murs fatigués. Vers la droite, en haut, on lit un numéro : 79. A gauche, une petite fenêtre. Au milieu, dans la porte romane dont un des battants est ouvert, une Italienne se tient debout, de face, les deux mains occupées par un tricot.

Signé à droite, en bas, du timbre de la vente.

Toile. Haut., 47 cent. 1/2 ; larg., 39 cent.

FORTUNY

5 — **Le Gardien du sérail.**

Debout devant la porte close, il est vêtu d'un burnous blanc ; ses pieds noirs sont engagés dans des sandales. Un yatagan pend à sa ceinture, et, de la main droite, il tient son fusil, le talon de la crosse à terre, le canon appuyé au défaut de l'épaule.

Signé à gauche, en bas, du timbre de la vente.

Toile. Haut., 26 cent. 1/2 ; larg., 17 cent.

MADOU

6 — **Le Buveur.**

Il est assis dans un coin d'auberge. Près de lui, sur un escabeau, une bouteille de vin. Il est vêtu d'un habit usé, d'un gilet rouge, d'une culotte jaune à pont. Ses jambes sont serrées dans des guêtres grises. Une cravate jaune lui fait deux fois le tour du cou. De son bicorne placé en bataille, débordent les mèches de ses cheveux châtain clair. Il tient de la main gauche un verre de vin, que sa main droite caresse avec volupté. Il tourne les yeux avec une expression de gourmet et de connaisseur, et son nez, de vastes proportions, illumine sa bonne face d'ivrogne. Au fond, à droite, près d'un mur percé d'une petite fenêtre, on aperçoit un tonneau, de la paille et quelques planches. A gauche, un baquet est dressé contre le mur et porte un linge blanc chiffonné. Près du baquet, un manche au bout duquel se trouve une brosse à laver les carrelages du sol.

Signé à gauche, en bas : *Madou, 1866*.

Panneau. Haut., 39 cent.; larg., 31 cent.

NORMANN (A.)

7 — Côte de Norvège.

Découpant leurs pics aigus et leurs lourdes masses grises, marbrées de places rousses et de neiges blanches, les énormes rochers qui occupent presque tout le fond du tableau surgissent de l'eau verte, bleue, grise, qui frissonne au premier plan. Dans les échancrures des roches, des maisonnettes claires sont blotties, une barque brune est à l'ancre. Vers le milieu, un petit bateau à coque bleue et voiles blanches s'éloigne de la côte. Plus loin, à gauche, on aperçoit une barque à voile brune. A gauche, au premier plan, deux mouettes jouent à la surface de l'eau. Le ciel est généralement bleu-gris, mais, vers la gauche, il s'ouvre plus large et plus blond.

Signé à droite, en bas : *A. Normann.*

Toile. Haut., 1 m. 21 ; larg., 1 m. 93.

Salon de 1898.

RIGOLOT (A.)

8 — Marine.

La mer, toute blanche d'écume sous un ciel orageux, violacé, chargé de nuages, qui laissent filtrer, éclaircie momentanée, une gerbe de rayons livides. Au premier plan, la mer découvre un coin de sable. A droite, quelques rochers. Au fond, une côte aride et sombre découpe sourdement sa silhouette obscure.

Signé à gauche, en bas : *A. Rigolot, 1893*.

Toile. Haut., 1 m. 42 ; larg., 2 m. 15.

RIGOLOT (A.)

9 — Marais d'hiver.

C'est l'hiver. Au premier plan, le sol couvert de neige. A droite et à gauche, des bouquets d'arbres aux branches dépouillées. Au milieu, l'eau stagnante à demi glacée, reflétant en son miroir terni la grisaille uniforme du ciel. Au fond, bleuâtre, un rideau d'arbres nus enveloppés de brume.

Signé à gauche, en bas : *A. Rigolot, 1892*.

Toile. Haut., 1 m. 23; larg., 1 m. 93.

ZIEM

10 — Lever de soleil sur le canal, à Venise.

Le canal au matin. Le soleil pâle monte dans une brume d'or, qui, répandue là-bas, sur les dômes et les clochers vagues, s'éclaircit largement au zénith. A droite, sous le ciel bleu où tremblent quelques nuages légers, le Palais des Doges dégage son architecture rousse. Au premier plan, vers le milieu, au bord du quai, plusieurs personnages vêtus de rouge et de bleu s'apprêtent à embarquer dans une gondole montée par un gondolier. A droite, quelques figures vêtues de jaune et de couleurs sombres sont assises en rond sur le sol. A gauche, sur le canal, au premier plan, l'on aperçoit l'extrémité d'un grand vaisseau dont le mât incliné porte un pavillon rouge. Plus loin, une gondole passe, fendant l'eau verte aux reflets blonds.

Signé à droite, en bas : *Ziem*.

Toile. Haut., 62 cent.; larg., 81 cent.

Aquarelles & Dessins

ADAN (ÉMILE)

11 — La Nourrice.

Signé à droite, en bas : *Émile Adan.*

Aquarelle. Haut., 26 cent. ; larg., 17 cent.

ALLONGÉ

12 — La Forêt.

Signé à gauche, en bas : *Allongé.*

Aquarelle. Haut., 1 m. 10. larg., 55 cent.

ALLONGÉ

13 — Les Roches dans la forêt.

Signé à gauche, en bas : *Allongé.*

Aquarelle. Haut., 33 cent. ; larg., 5o cent. 1/2.

ANTIN (Paul)

14 — La belle Moscovite.

Signé à gauche, en bas : *Paul Antin, 1898*.

Aquarelle. Haut., 71 cent.; larg., 55 **cent.**

BARON (H.)

15 — L'Enlumineuse de figurines.

Dans un coin d'atelier, à Venise, une jeune femme assise est en train d'enluminer des figurines de bois.

Signé à droite, vers le bas : *H. Baron*.

Aquarelle. Haut., 19 cent. 1/2 ; larg., 24 cent. 1/2.

BARYE

16 — Tigre royal.

Seul dans le désert, félin et dominateur, le tigre est couché. Il relève la tête, qui est vue de face. L'arrière-train s'abandonne sur le flanc. Les pattes de devant sont à demi allongées, les griffes rentrées. Le pelage fauve est marqué de rayures noires. Derrière le tigre, le terrain est mouvementé, et des montagnes se dessinent sur le ciel chargé de nuages.

Signé à gauche, vers le bas : *Barye*.

Aquarelle. Haut., 12 cent.; larg., 27 cent.

Vente Sensier.

BELLANGÉ (H.)

17 — **« Nous sommes six seigneurs qui...»**

Illustration d'après la *Reine Topaze*.

Signé à gauche, en bas : *H^te Bellangé, 1865*.

Aquarelle. Haut., 16 cent.; larg., 19 **cent.**

BERCHÈRE

18 — **Notre-Dame-du-Fort, à Etampes**.

Signé à gauche, en bas, du timbre de la vente.

A droite, en bas : *Notre-Dame-du-Fort, 42. Étampes. B.*

Aquarelle. Haut., 32 cent. ; larg., **25 cent.**

BERNE-BELLECOUR

19 — **Soldat pêchant à la ligne**.

Signé à droite, en bas : *E. Berne-Bellecour, 85.*

Aquarelle. Haut., 25 cent.; larg., 36 **cent.**

BRISSOT (F.)

20 — **Anes et âniers**.

Signé à droite, en bas : *F. Brissot.*

Aquarelle. Haut., 25 cent.; larg., 34 cent.

BROWN (J.-L.)

21 — Le Cheval de l'émir.

Signé à droite, en bas : *J.-L. Brown, 1864.*

Aquarelle. Haut., 20 cent.; larg., 16 cent. 1/2.

BROWN (J.-L.)

22 — Deux Chiens de chasse.

Signé à gauche, en bas : *John-Lewis Brown.*

Aquarelle. Haut., 28 cent.; larg., 22 cent.

CHAPLIN (CH.)

23 — Pêcheuse.

Elle est vue de face, en costume de bergère Watteau, corsage bleu décolleté, robe jaune relevée au-dessus du genou, les jambes nues, le pied droit effleurant l'eau d'un ruisseau. Elle tient sous son bras droit une corbeille d'osier et de sa main gauche une gaule au bout de laquelle est attachée une épuisette.

Signé à droite, en bas : *Ch. Chaplin.*

Aquarelle. Haut., 33 cent.; larg., 19 cent.

DELACROIX (Eugène)

24 — Etude de figures.

Signé à droite, en bas, du timbre de la vente.

Aquarelle. Haut., 27 cent.; larg., 21 cent.

DETAILLE (Éd.)

25 — Sergent porte-fanion de tirailleurs algériens.

Signé à gauche, en bas : *Édouard Detaille, 1886*.

Aquarelle. Haut., 37 cent.; larg., 22 cent.

DORÉ (Gustave)

26 — La Partie de paume.

Signé à gauche, en bas : *G. Doré*.
Dessin sur papier bleu rehaussé de gouache.

Haut., 33 cent.; larg., 26 cent.

DORÉ (Gustave)

27 — Roland à Roncevaux.

Au fond du défilé, Roland a été surpris. Seul contre toute une troupe d'ennemis, il frappe à tour de bras de son épée, qu'il tient à deux mains. Déjà, vers la droite, de nombreux cadavres gisent sur le sol. Mais le nombre va l'écraser. Au fond, c'est toute une chevauchée héroïque qui escalade les flancs de la montagne.

Signé à gauche, en bas, du timbre de la vente.

Aquarelle. Haut., 48 cent.; larg., 63 cent.

DORÉ (Gustave).

28 — L'Orgie.

Aquarelle. Haut., 52 cent.; larg., 70 cent.

ESCALIER (Nicolas)

29 — Pont sur un canal, à Venise.

Signé à gauche, en bas, du timbre de la vente.

Aquarelle. Haut., 26 cent.; larg., 14 cent.

FORAIN

3o — **Doux Pays**.

Légende :

— Pourquoi qu' t'es à la boîte ?
— Parce que j'ai dit qu'on dépense
700.000.000 pour l'armée, et qu'j'y suis
d'ma poche quand j'ai soif !

Signé à droite, en bas : *Forain*.

Aquarelle. Haut., 26 cent.; larg., 40 cent.

FORAIN

3i — **Doux Pays**. « **Retour de Versailles, juin 1894**. »

Légende :

— Ami, une trique vient de pousser à l'arbre
de la Liberté.

Signé à droite, en bas : *Forain*.

Aquarelle. Haut., 53 cent.; larg., 4i cent.

FORAIN

32 — Doux Pays. « A la recherche d'une grève. »

Légende :

Deux députés :
— Carmaux est fini.
— Si nous tentions du côté d'Anzin.

Signé à droite, en bas : *Forain.*

Lavis d'encre de Chine.

Haut., 26 cent. 1/2; larg., 40 cent. 1/2.

FORAIN

33 — Doux Pays. « A l'Elysée. »

Légende :

— C'est moi, moi, qu'on vient voir !....
Tu ne lis donc pas les journaux ?

Signé à droite, en bas : *Forain.*

Aquarelle. Haut., 28 cent.; larg., 40 cent.

FORAIN

34 — Doux Pays. « Colloque parlementaire. »

Légende :

Dans un groupe de radicaux :
— Mes amis, croyez-moi, f...ons-leur une bonne grève dans les jambes.

Signé à droite, en bas : *Forain.*

Lavis d'encre de Chine.

Haut., 27 cent.; larg., 40 cent.

FORAIN

35 — Doux Pays. « A Carmaux. »

Légende :

Le commis-voyageur. — Prenez au moins cent litres d'absinthe comme d'habitude.
— Vous êtes bon, vous... Maintenant que les députés ne peuvent plus s'en mêler, les grèves vont durer trois jours au plus...

Signé à droite, en bas.

Lavis d'encre de Chine, rehaussé d'aquarelle.

Haut., 25 cent.; larg., 40 cent.

FORAIN

36 — **Doux Pays**.

Légende :

— Voici la tenue rêvée pour toucher un chèque.

Signé à droite, en bas : *Forain*.

Dessin à la plume.

Haut., 26 cent.; larg., 40 cent.

FORAIN

37 — **Doux Pays**. « **L'Esprit nouveau**. »

Légende :

— Les habiles et les rêveurs qui promettent à la foule trop nombreuse de ceux qui souffrent l'entrée prochaine dans une sorte d'Éden terrestre ne font que les détourner de...
— Mais, Monsieur le député, Charles X a dit tout cela à mon père.

Signé à droite, en bas : *Forain*.

Dessin à la plume.

Haut., 41 cent.; larg., 53 cent.

GILBERT (VICTOR)

38 — **Les Boulevards**.

Signé à gauche, en bas : *Victor Gilbert*.

Aquarelle. Haut., 31 cent.; larg., 39 cent.

HARPIGNIES

39 — La Source dans la forêt.

Signé à gauche, en bas : *Harpignies, 1869.*

Aquarelle. Haut., 16 cent.; larg., 16 cent.

HEILBUTH

40 — Le Matin dans la Forêt.

Signé à gauche, en bas, du timbre de la vente.

Aquarelle. Haut., 22 cent.; larg., 28 cent.

HEILBUTH

41 — La Promenade sur le lac.

Signé à droite, en bas : *F. Heilbuth.*

Aquarelle. Haut., 19 cent.; larg., 33 cent.

HEILBUTH

42 — Le Savetier et le Financier.

Signé à gauche, en bas : *H., 1864.*

Aquarelle. Haut., 29 cent.; larg., 37 cent.

JONGKIND

43 — **L'Escaut**.

Sur le fleuve, dont on aperçoit la rive dominée par des bouquets d'arbres et par des constructions, des bateaux filent : à droite, l'un a ses voiles carguées; l'autre, à gauche, dresse sa mâture sans voiles. Entre les deux passe une yole à voiles brunes. A droite et à gauche, on voit deux autres barques montées, celle de gauche par deux personnes, celle de droite par une seule.

Au premier plan, à gauche, le terrain apparaît. Dans le ciel s'envolent de grands nuages.

Signé à gauche, en bas : *Jongkind, 67*.

Aquarelle. Haut., 20 cent.; larg., 36 cent. 1/2.

JONGKIND

44 — **La Baignade des chevaux en Seine**.

A droite, le long de la berge, des hommes font baigner leurs chevaux. Du même côté, au fond, les maisons de la ville. A gauche, le quai et les maisons de l'île Saint-Louis. Au fond, le pont. Au milieu, le fleuve, dont un chaland descend le courant. Dans le ciel, de belles clartés blondes.

Signé à droite, en bas : *Paris, Jongkind, 1872*.

Aquarelle. Haut., 19 cent.; larg., 26 cent.

LAMBERT (Eugène)

45 — Une bonne pâtée.

Autour de l'écuelle où la pâtée est préparée,
une chatte et ses trois petits sont attentifs et
flairent le régal avec des lippes gourmandes.

Signé à droite, en bas : *L.-Eug. Lambert.*

Aquarelle. Haut., 28 cent.; larg., 41 cent.

LELOIR (Louis)

46 — La Femme au tambourin.

Signé à droite, en bas : *Louis Leloir,* 77.

Aquarelle. Haut., 34 cent.; larg., 22 cent.

LEMAIRE (Madeleine)

47 — Le Panier de roses.

Signé à droite, en bas : *Madeleine Lemaire.*

Aquarelle. Haut., 34 cent.; larg., 49 cent.

LOUSTAUNAU (A).

48 — Au Camp de Châlons.

Signé à gauche, en bas : *A. Loustaunau.*

Aquarelle. Haut., 73 cent.; larg., 52 cent.

MARIE (Adrien)

49 — L'Allée des Cavaliers au printemps.

Signé à gauche, en bas : *Adrien Marie, Londres.*

Aquarelle. Haut., 31 cent.; larg., 48 cent.

MEISSONIER

5o — Le Florentin.

Il est vu presque de face, la jambe droite portée en avant, vêtu d'un pourpoint jaune bordé de velours noir et de chausses et haut-de-chausses à bandes blanches et rouges. Ses cheveux blonds débordent de son bonnet bleu. Il s'appuie de la main gauche à la poignée de sa dague et de la main droite au haut de la cuisse.

Signé à gauche, en bas, du monogramme : *EM. 81.*

Aquarelle. Haut., 26 cent.; larg., 18 cent.

MILLET (J.-B.)

5i — Le Chemin du hameau.

Signé à gauche, en bas : *J.-Bapt. Millet.*

Sépia. Haut., 23 cent.; larg., 29 cent.

DE NITTIS

52 — Entrée de l'avenue de la Grande-Armée.

Signé à droite, en bas : *De Nittis*, avec cette dédicace : *A mon ami Burty*.

Aquarelle. Haut., 31 cent.; larg., 37 cent.

NOEL (JULES)

53 — Entrée du port à Fécamp, marée basse.

Signé à droite, en bas : *Jules Noël, Fécamp, 1892*.

Aquarelle. Haut., 29 cent.; larg., 42 cent.

PAUMIER (OCT.)

54 — Soleil couchant sur le lac.

Signé à gauche, en bas : *Oct. Paumier*.

Aquarelle. Haut., 24 cent.; larg., 31 cent.

PENNE (O. DE)

55 — En Chasse.

Signé à gauche, en bas : *Ol. de Penne*.

Aquarelle. Haut., 49 cent. 1/2 ; larg., 35 cent.

PILS

**56 — Une Halte en manœuvres (artil-
leurs).**

Signé à droite, en bas : *J. Pils, 1861.*

Aquarelle. Haut., 17 cent. 1/2 ; larg., 32 cent.

PROTAIS (Alexandre)

57 — Les Emigrants.

Signé à gauche, en bas, du timbre de la
vente.

Aquarelle. Haut., 23 cent.; larg., 36 cent. 1/2.

PROTAIS (A.)

58 — A l'Ambulance.

Signé à droite, en bas, du timbre de la
vente.

Aquarelle. Haut., 17 cent. 1/2 ; larg., 28 cent.

RENOUARD (P.)

59 — Les Mails un jour de courses.

Signé à gauche, en bas : *P. Renouard.*

Aquarelle. Haut., 38 cent.; larg., 55 cent.

TURQUET (R.)

60 — Paysan de la Romagne.

Signé à droite, en bas : *R. Turquet, Roma,*
1875.

Aquarelle. Haut., 42 cent.; larg., 31 cent.

WYLD (W.)

61 — La Mare dans la forêt.

Signé à gauche, en bas : *W. Wyld.*

Aquarelle. Haut., 28 cent. 1/2 ; larg., 21 cent. 1/2.

WYLD (W.)

62 — La Spezzia au soleil levant.

Signé à droite, en bas, du timbre de la
vente.

Aquarelle. Haut., 12 cent. 1/2 ; larg., 33 cent.

WYLD (W.)

63 — Coucher de soleil sur l'Adriatique.

Signé à gauche, en bas : *W. Wyld.*

Aquarelle. Haut., 30 cent, 1/2 ; larg., 48 cent.

ZIEM

64 — Pâturage en Hollande.

La campagne plate, l'herbe claire. Vers la gauche, une femme tire sa vache par le licol. A droite, à l'horizon, très loin, on aperçoit les constructions d'une ville. A gauche, au fond également, un bois se dessine.

Et la plaine s'étend à perte de vue sous un ciel clair, délicieusement modelé.

Signé à gauche, en bas : *Ziem*.

Aquarelle. Haut., 21 cent.; larg., 33 cent. 1/2.

ZUBER (H.)

65 — Au Pays des oliviers.

Signé à gauche, en bas : *H. Zuber*.

Aquarelle. Haut., 27 cent.; larg., 43 cent.

ZUBER (H.)

66 — La Fontaine de Carpeaux à l'Avenue de l'Observatoire.

Effet de neige au soleil couchant.

Signé à gauche, en bas : *H. Zuber*.

Aquarelle. Haut., 35 cent. 1/2 ; larg., 49 cent.

ZUBER (H.)

67 — Le Lac dans la montagne.

Signé à gauche, en bas : *H. Zuber, 1890*.

Aquarelle. Haut., 35 cent.; larg., 49 cent.

RED. :

17

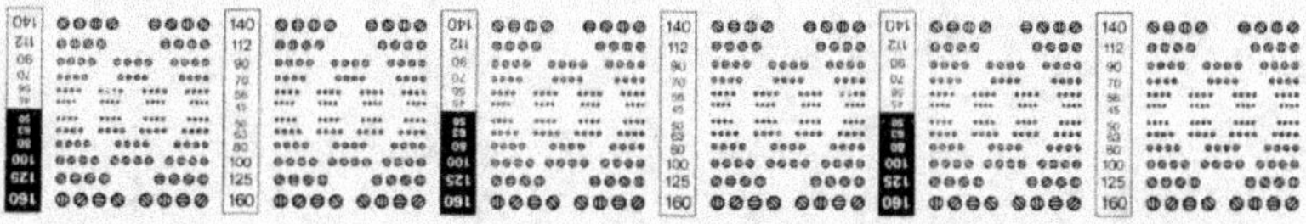

379.88.70
graphicom

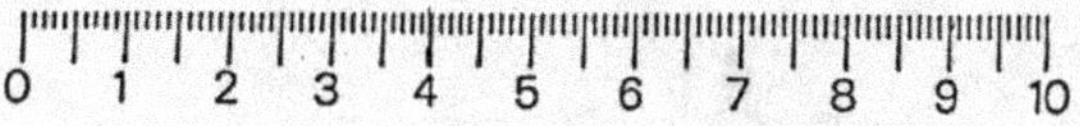

MIRE ISO N° 1
NF Z 43-007
AFNOR
Cedex 7 - 92080 PARIS-LA-DÉFENSE

0 1 2 3 4 5 6 7 8 9 10

BIBLIOTHEQUE NATIONALE DE FRANCE

****

CHATEAU DE SABLE

1996